La Chaussée
dite de Jules César

et sa

Véritable Origine

Rapport présenté à la Commission Départementale
des Antiquités et des Arts de Seine-et-Oise

PAR

J. DEPOIN

Membre de la Commission

VERSAILLES

IMPRIMERIES CERF

59, *rue Duplessis*

—

1909

La Chaussée

dite de Jules César

et sa

Véritable Origine

La Chaussée dite de Jules César
et sa véritable Origine

PAR

J. DEPOIN

Membre de la Commission

Un des plus anciens guides du tourisme où se rencontre le souci du pittoresque, fait partie d'un manuscrit de l'avant-dernier siècle conservé à la Bibliothèque municipale de Rouen et porte ce titre : *Remarques sur plusieurs villes, places et chemins qui sont en Normandie.*

L'auteur commence par décrire Pontoise, tranchant ainsi une question terriblement controversée, et cela sans le moindre souci des protestations de nos bons aïeux contre les prétentions des Normands à s'annexer leur territoire.

Ayant promené le voyageur à travers la ville en lui signalant notamment les tombeaux des Villeroy conservés aux Cordeliers, le précurseur des Joanne et des Conty nous entraîne hors des murs. Peut-être n'entendrez-vous pas sans intérêt ses conseils pour l'observation des sites :

« Sortant de Pontoise à la porte de Paris voyez le ruis-
seau ou ru de Vione qui y est conduit et passe sous un
canal ou aqueduc de bois, et roulant par le bas de la Ville
vers la rivière d'Oyse fait moudre plusieurs moulins, et au
dessous de l'hospital passe dans la muraille de la ville et
entre en Oyse un peu au-dessous du pont de la ville. Le
pont est hors icelle ville et y joint les faubourgs vers
Paris. Il est de 8 à 10 arches de pierres et a deux ponts-
levis, un à chaque bout, estant comme une isle dans la
rivière d'Oyse. Il soutient les maisons, moulins et bou-
cheries.

« Plus avant dans le faubourg vous voyez l'autre bras
du maisme ru de Vione, qui est le vray et naturel bras
passant au bout des faubourgs tout à travers et allant dans
là rivière entre la ville et l'abbaye de Saint-Martin. Il passe
le long de la *Grange Trianon*, belle maison qui est du
costé boréal du fauxbourg, et un peu au-dessus de cette
maison est extrait et tiré de sa rive le petit bras qui passe
par la ville. »

Dans la Grange Trianon, vous avez reconnu Marcouville,
l'ancien fief Boivin, longtemps possédé par la famille de
La Grange. Notre guide continue :

« A l'issue du fauxbourg, vous trouvez le grand chemin
hault élevé et pierré en droite ligne venant de l'abbaye de
Saint-Martin et traversant à angles aigus et obtus le chemin de Pontoise par le bordeau de Vigny à Magny (1). On
l'appelle la *vieille Chaucée*, aucuns la *Chaucée Brunehaut*,

---

(1) Vigny, beau château de la succession de Mme de Montmorency, à
Mme de Ventadour, jadis basti avec Gaillon par le Cardinal d'Amboise.
(Note de l'auteur des *Remarques*.)

ceux qui raffinent la *Chaucée de Cœsar*. Il passe à travers Arcueil (*ab Arcubus, id est Aquœductibus*) où l'on m'a dit qu'il y a encore des restes d'ouvrages antiques, puis à Estrée et au Roquet, territoire où il y a encore une vieille mazure, de là à Saint-Gervais, village plein de rocs, et *au dessus est beau*, et passe à la veuë de Alaincourt, *très beau*, et par la Chapelle-en-Vexin descend à Saint-Clair-sur-Epte. Là est le lieu, en dessus d'iceluy, proche la rivière, et dans la prairie, où saint Clair eut la teste coupée. Cela est vis-à-vis du tertre et chemin élevé où l'on retrouve la droiteur de nostre chaucée et il y a apparence, voire il faut, par les raisons de la veuë aussi bien que par celles de l'histoire des lieux patibulaires des Martyrs, que ceste chaucée passast par là où saint Clair souffrit la mort et le supplice. *Nam martyres ad vias publicas, exempli causâ, plectebantur ut sontes.* »

C'est-à-dire que les martyrs, étant punis comme s'ils eussent été des coupables, on les exécutait sur les grands chemins pour l'exemple.

Voilà donc une *vieille chaussée* qu'on rencontre au sortir de la ville ; mais ne voulant pas s'en tenir à cette simple et prudente appellation, « aucuns l'appellent *la Chaussée Brunehaut*, ceux qui raffinent, *la Chaussée de César* ».

Ce n'est pas d'hier qu'à Pontoise — et peut-être ailleurs — il s'est trouvé des gens aimant à « raffiner ».

Les très vieux textes, il est vrai, en parlant de cette voie primitive, la dénomment uniquement *Calceia*, la Chaussée. Telle est la notice rédigée au début du xiie siècle, où les moines de Saint-Martin relatent la visite faite par

Thibaud Ier, leur abbé, à Louis le Gros, prince héritier, dans la maison de Gautier Tirel (l'hôtel de Poix ou d'Orgemont, sur la Roche). Le futur roi, ayant reçu de son père, Philippe Ier, le titre et les prérogatives de Comte du Vexin, abandonne au successeur de saint Gautier les droits de coutume que, de ce chef, il eût dû prélever sur la terre des moines près de la chaussée « *in terra juxta Calceiam* ».

Cette chaussée, comme Dom Estiennot le remarque sur ce passage, est *la Chaussée de César* ; c'est celle que le guide normand nous montre au xviiie siècle, venant de Saint Martin et se dirigeant sur Puiseux et la Vallée de la Viosne. Mais les contemporains de Louis le Gros ne l'eussent plus reconnue, tant son aspect était changé depuis que, sous les abbés commendataires disparurent les traces de l'ancien bourg de Saint-Martin, la *villa Sancti Martini* ou paroisse de la Trinité qui s'était formée auprès du gué de l'Oise, le long de la chaussée qui gravissait les pentes de la colline pour doucement la franchir. L'emplacement du bourg détruit au cours de la guerre de Cent ans était maintenant incorporé dans le parc de l'abbatiale et le nouveau chemin escaladait une côte bien plus rude, au-dessus des larris, pour gagner, en tournant autour des murs élevés par le cardinal de Bouillon, le champ de foire de Saint-Martin.

Venant de Paris, la vieille chaussée traversait l'Oise devant cette île Saint-Martin dont la mutilation sera l'œuvre des modernes Vandales, et qui verdoya si longtemps immobile, en dépit de l'effort des eaux, grâce aux travaux destinés à stabiliser la voie qui s'appuyait sur elle. La

construction du gué fut une œuvre d'art dont le caractère
indubitablement romain ressort de la description qu'un
enfant du pays nous a heureusement conservée. L'excellent
imprimeur Dufey, fondateur de l'*Echo Pontoisien*, a
glissé dans une des colonnes de ce journal une note pré-
cieuse sur les opérations d'établissement du radier supé-
rieur du barrage. On dut à grand peine extraire du lit de
l'Oise, pour lui donner le tirant d'eau nécessaire à la navi-
gation, les pilotis en chêne, au cœur plus dur que le fer,
enfoncés devant l'île ; ils opposaient une digue à l'action
du courant et servaient de soutiens au gué empierré qu'il
fallut alors démolir.

Romaine, elle l'était à coup sûr, cette chaussée qui
franchissait l'Oise pour gagner, par des bifurcations,
Beauvais, Amiens, Rouen. Elle figure bien dans les itinéraires contemporains des Empereurs. Brunehaut, reine
d'Austrasie et de Bourgogne, qui d'ailleurs n'aurait pu
dominer sur une partie de la Neustrie qu'un laps de temps
infiniment trop court pour y construire ou même y réta-
blir des chaussées, est étrangère à la nôtre ; jamais, au
surplus, un texte d'archives de source locale n'y associa
son nom.

Le simple nom de *Chaussée*, que porte cette voie sous
Louis le Gros, on le retrouve, à la même époque, comme
mode de désignation, unique et suffisant, de celle qui
passe au pied de Montchauvet, se dirigeant de Neauphle-le-
Château vers Pacy-sur-Eure. Dans sa carte des *Anciens
chemins de l'Iveline et du Comté de Montfort*, notre
regretté collègue, M. de Dion, l'a bien fait figurer parmi les
chemins anciens, mais par conjecture, en se basant sur

la rectitude — toute romaine — du tracé de cette voie entre Palaiseau et Louviers, et sur sa jonction à Jouars (*Diodurum*) avec la route romaine de Paris à Dreux, Evreux, Caudebec et Rouen. Il n'avait pas alors sous les yeux l'acte de 1123 par lequel Geofroi II, évêque de Chartres, en présence du légat Mathieu, autorise la construction d'une église paroissiale hors du château de Montchauvet, au sommet de la chaussée, *extra castrum quod vocatur Mons Calvulus, ad caput scilicet Calceie* (1).

La chaussée (*Calceia*) désigne bien une voie romaine ; car une charte datant du même règne, en donne une définition qui précise le sens du mot. Ebrard de Breteuil en 1135, règle avec le chapitre d'Amiens une question relative au droit de travers sur la chaussée qui passe à Gouy-les-Groseillers, *infra Calceiam sive publicum aggerem qui per villam que Gois dicitur vadit* (2).

Agger publicus, le synonyme de chaussée (*calceia*), c'est bien le terme par lequel Ammien Marcellin, historien du ive siècle, désigne un grand chemin pavé, de construction romaine. Or, la voie qui passe à Gouy près de Breteuil, continue cette superbe perpendiculaire Sud-Nord orientée sur l'étoile polaire, qui part, elle aussi, du gué de l'île Saint-Martin pour se diriger sur Beauvais, Amiens, Doullens et Saint-Omer, épousant avec une fidélité jalouse la ligne du méridien de Paris. Cette remarque va nous servir à fixer avec précision l'époque où les

---

(1) Arch. Nat. LL 1024, fol. 62.
(2) *Cartulaire des évêques d'Amiens*, fol. 67. Archives de la Somme.

chaussées qui relient Paris à Pontoise et Pontoise à la Picardie, ont été construites.

Celle qui part du gué de l'Oise en contournant l'enclos de Saint-Martin porte dans un acte du Parlement de la Pentecôte (16 mai) 1277, le nom de *chemin Jules César*. On y reconnaît au maire de Pontoise et aux pairs de la Commune le droit de basse-justice, aux jours de foire seulement, sur les Coutures (terres arables) entre Cergy et Saint-Martin, soumises à la servitude foraine ; l'abbé de Saint-Denis exerçant le reste de l'année, la justice à tous ses degrés sur cet emplacement comme sur tout le terroir de Cergy, *omnimodam justiciam in territorio de Cergiaco usque ad cheminum Julii Caesaris* (1).

Voilà bien, dès le xiiiᵉ siècle, des lettrés qui « raffinent» et nous n'hésitons pas à le dire, qui perpètrent une erreur savante. Les souvenirs de la campagne de Jules César contre les Bellovaques, en l'an 57 avant Jésus-Christ, hantent-ils leur imagination ? Obéissent-ils à l'inconscient besoin de préciser, d'après je ne sais quelle probabilité légendaire? Toujours est-il qu'ils commettent une grossière confusion.

Strabon, géographe de la plus haute autorité, nous apprend qu'Auguste, le neveu de Jules César, dans sa première visite des Gaules, 27 ans avant notre ère, ordonna de tracer au delà des Alpes, des voies permettant à ses légions de circuler avec leurs équipages à travers les magnifiques contrées acquises par son oncle à la République et d'aller partout maintenir l'ordre dans la servitude

(1) Arch. Nat. LL 1170, *in fine*. Voir Boutaric, *Les Olim.*

et la paix dans la solitude, suivant le mot terrible de Tacite : *Ubi solitudinem faciunt, pacem appellant.*

Marcus Vipsanius Agrippa, gendre et favori d'Auguste, nommé gouverneur des Gaules, poursuivit jusqu'à l'heure où il mourut (l'an 12 avant Jésus-Christ), la construction des routes et déjà, cinq ans plus tôt, il pouvait montrer à l'empereur revenant visiter ces provinces, des chemins établis d'après toutes les règles de l'art. Le plan d'Auguste et d'Agrippa faisait de Lyon le centre des Gaules ; de là ces grands politiques firent partir quatre voies qui, avec la route de Rome, formaient une splendide étoile rayonnant de cette citadelle de la domination romaine : au sud, vers la Narbonnaise ; à l'ouest, par les montagnes d'Auvergne, en Aquitaine ; au nord-ouest sur Beauvais, Amiens et l'Océan ; au nord-est, jusqu'au Rhin. (1).

Strabon dont je me borne à traduire le texte, nous est témoin que la première voie directe de Lyon à la Manche fut établie un quart de siècle au moins après les campagnes en Gaule de Jules César. La voie secondaire qui, se branchant sur la ligne sud-nord, au gué de St-Martin, bifurquait au nord-ouest, se dirigeant sur Magny et Saint-Clair-sur-Epte, *la route de Rouen*, comme on l'appelle depuis le nouveau tracé qui lui fut donné sous Louis XIV, n'est pas, à plus forte raison, l'œuvre du conquérant des Gaules.

---

(1). « Caeterum Lugdunum in medio instar arcis situm, cum ibi amnes confluant, et partibus omnibus propinquum sit ; Quapropter Agrippa ex hoc loco partitus est vias : unam quæ per Cimmenos montes usque ad Ausones et Aquitaniam ; aliam ad Rhenum ; terciam ad Oceanum et Belloacos et Ambianos, quarta ducit in Agrum Narbonnensem. »
(Strabon, livre IV.)

La tradition, telle que nous la rencontrions tout à l'heure dans un texte diplomatique officiel du XIIIᵉ siècle, est-elle fausse de tous points ou n'est-elle que simplement faussée? Pour le rechercher, nous ferons appel à des textes qui ont, sur la sentence de 1277, l'avantage d'être rédigés en langue française et aussi celui d'émaner de rédacteurs écrivant sur place, susceptibles d'avoir été mieux instruits de la tradition orale, et non suspects de l'avoir arrangée à leur guise.

Le premier en date est une sentence du bailli de Senlis, Guillaume Thiboust, rendue le samedi devant la Chandeleur 1304, ancien style, c'est-à-dire le 31 janvier 1305. Les moines de Saint-Denis s'appuyant sur l'arrêt du Parlement de 1277, attaquaient le maire et la commune de Pontoise, dont le sergent avait arrêté un homme accusé de larcin sur le territoire de Cergy, et dont le messier avait, au même terroir, surpris des femmes coupant de l'herbe et leur avait dressé procès-verbal. Cette prise de corps d'un voleur et cette « prise de gages à quelléoresses de herbes », devaient être restituées aux moines de Saint-Denis, soutenaient-ils: elles « appartenoient acesdits religieux, si come ils disoient, par la cause du terrouer de Cergi, lequel dure et s'estant juques au *Chemin Julian Cesar* et juques au mur des Coutures-Saint-Martin de lès Pontoise, tendant juques à l'eaue de l'Aise pardevers Cergi ». Ils ajoutaient « Que autre foiz en avoit esté debat entre iceuls religieux et lesdis mere et Commune, et jugé pour lesdis religieux... toute joutice à eus appartenir haute et basse audit terrouer. » Voici le résumé du jugement du bailli Thiboust: « Nous... veue l'informacion fete de notre commandement... par grant foison de bones genz jurez surs les choses desurdites... rendimes par nostre jugement que lesdis religieux seroient restabliz et resesis desdites prises et comandames à Thomas Le Convers, prouvost de Pontoise par nostre seigneur le Roy, que lesdis religieux restablist et reseisist desdites prises. » (1).

Ainsi en 1305, la tradition orale, telle que l'enregistre le greffier du bailliage, n'associe pas à la chaussée qui nous intéresse le nom de *Jules César* ; elle évoque un souvenir bien différent, celui de *Julian César*. Il s'agit dès lors, non du général qui conquit les Gaules, mais du prince qui les administra quatre siècles plus tard, de 355 à 360, comme lieutenant de l'empereur Constancius II dont il devait être le successeur : il s'agit de Julien l'Apostat.

On admettrait aisément que, dans la suite des âges, un nom se soit abrégé. Il est également habituel qu'à un nom obscur on voie se substituer un paronyme beaucoup plus célèbre. Mais ici et à ce double point de vue, l'inverse se serait produit ; c'est contre toute vraisemblance et l'on ne peut accepter l'idée qu'entre 1277 et 1305, une confusion se serait produite dans l'esprit du peuple, tendant à préférer au nom de Jules César celui plus long et moins connu des masses, du César Julien.

Le témoignage recueilli sur l'original d'un acte dressé en 1305 à Pontoise même, serait probant, ce nous semble, en tout état de cause. Mais ce témoignage est-il isolé ? Continuons à dépouiller la liasse qui le renferme ; elle pré-

---

(1) Arch. Nat., S 2318, n° 23.

sente aussi quelque intérêt à un autre point de vue, celui
du développement de la foire de Saint-Martin et de la sur-
veillance qu'exerçait sur elle la municipalité pontoisienne.

Le 2 mai 1310, un autre bailli, Robert de Villeneuve,
est saisi d'un nouveau procès. Les plaideurs d'il y a cinq
ans se retrouvent en présence. L'épisode se termine encore
par la victoire des moines de Saint-Denis, dont les commu-
niers avaient voulu chasser les sergents pour faire seuls la
police de la foire (1).

Dans cet acte, la chaussée qui nous occupe n'est point
citée. Mais il en est un autre du 6 septembre 1332, éma-
nant toujours du bailli de Senlis ; c'est maintenant Jehan
de Sempy, dont le *Livre de raison de Saint-Martin de
Pontoise* a révélé qu'il fut un bibliophile possédant des
manuscrits historiques.

Jehan de Sempy juge une affaire bien plus compliquée.

---

(1). Comme contenz et descors feust meu entre le procureur de religieux
homes l'abbé et convent Saint-Denys d'une part, et les mere et pers de la
ville de Pontoise, d'autre part; sur ce que ledit procureur se estoit dolu (plaint)
des dis mere et pers, que, à tort et sans cause, avoient pris ou fet prendre
les gens des diz religieux et leur sergenz, le jour de la foire Saint-Martin, en
a Cousture Saint-Martin et foire séant, qui gardoient ladite foire de par
lesdis religieux, en troublant et empeschant la sesine des dis religieux de
garder ladite foire oudit liu; et disoit ledit procureur lesdis religieux estre
en sesine de garder et de avoir leurs gardes et leurs sergens armés et désarmés en ladite foire ; lesdis mere et pers opposans au contrere et disanz eus
lestre en sesine pesible par eus et par leurs devanciers, de avoir leurs gardes
en lad'te foire et de prendre en icel liu toutes manieres de malfeteurs que il i
ont trouvé malfesanz... et de avoir audit liu la basse justice.
Sur ce, fez contrercs baillés de chascune partie, enqueste fete de notre
comandement et a nous apportée à l'assise que nous tinsmes à Pontoise le
samedi segont jour de may l'an MCCC et dis... dit fu par le jugement des
chevaliers que ledit procureur avoit souffisamment prouvé son entencion sus
la sesine de ladite garde, et de avoir leur sergans et genz en ladite foire audit
liu armés et désarmés pour garder ladite foire et les dis mere et pers avoient
prouvé la sesine de la basse justice oudit liu et la garde au jour de la foire
tele comme à la basse justice appartient ; et fu encor jugié que lesdis mere et
pers, a tort et sans cause, avoient pris les sergans desdis religieux et qu'ils
seront installés au dit liu de ladite prise ; et amanda ledit mere ladite prise
par jugement. • (S 2318).

Ce n'est plus avec les gens de la commune que les moines de Saint-Denis ont maille à partir, mais avec d'autres encore plus récalcitrants, les *gens du Roy*, forts d'un arrêt que la reine Jehanne de Bourgogne, étant dame de Pontoise, avait obtenu. La veuve de Philippe le Long, morte depuis 1329, n'était plus en cause, mais les droits à elle reconnus revenaient au domaine de la Couronne, et les représentants du Roi ne pouvaient les laisser périmer.

Voici les plus importants passages du jugement rendu sur ce dernier litige :

« A tous ceuls qui ces lettres verront, Jehan de Sempi, bailli de Senlis, salut. Sachent touz que en l'assise de Pontoise tenue par nous qui commença le dimanche après la Saint-Jehan-Decolace (la Décollation de saint Jean, 29 août) l'an mil trois cens trente et deus, fu fait ce qui enssieut :

« Sur ce que le procureur de haute et puissante dame de noble recordation Madame Jehanne de Bourgoingne, jadis Royne de France et de Navarre au temps que elle vivoit et qu'elle tenoit la chastel de Pontoise en douaire, avoit mis empeschement en la sesine d'un siège estant joustè la cousture des murs de Saint-Martin de Pontoise aboutissant au *chemin Julian Cesar*, auquel siège les religieux de Saint-Denys et leurs gens seulent tenir (tiennent habituellement) leurs plez (plaids) le jour des foires de la feste Saint-Martin d'yver et quant cas s'offroit, et qui est en leur justice, si comme les religieux disoient ; item, en la sesine d'une mellée (rixe) faite au chemin qui va de Pontoise à Sergi, au lieu qui est appelé la Croix Maheut ; tem en la sesine d'une prise que les sergeans de Sergi

avoient faite en la cousture Saint-Martin de un homme
appelé Pierre Alain, qui avoit pris et desgagié trois fames
de leurs pouches (ce malfaiteur avait arrêté trois femmes
pour les dépouiller de leurs poches) au lieu dessus dit ;
lequel Pierre les sergeans avoient amené en la prison de
Sergi ; lesquels empeschements furent mis pour cause
d'un jugié donné par Robert de Villeneuve jadis bailli de
Senlis ès assises de Pontoise qui furent l'an de grace mil
trois cens et dis le dymanche avant la Saint-Michiel, sur un
débat meu entre le procureur du Roy notre sire d'une
part, et les religieux de Saint-Denys d'autre, pour cause
d'un home qui fu trouvé mort et fut enfouy jouste le
chemin qui va de Pontoise à Puisieux au lieu que l'on
appelle la Croix au Bouchier ; et pour ce que on dit jugié
estoit fete narracion que le procureur de Saint-Denys avoit
dit contre le procureur du Roy qu'il avoit sesine de
justice haute et basse depuis le *chemin Julian Cesar*
montant de l'yaue d'Oise jusque au buisson emprès la
voie de Boissi, et ès chemins qui sont oudit terroir puis
(depuis) le *chemin Julian Cesar* envers Sergi, et au
chemin qui est d'autre part vers la Croix au Bouchier et
où ladite Croix fut mise, dont contents estoi en celi temps,
et le procureur de Saint-Denys avoit perdu la sesine dou
lieu de la Crois au Bouchier ; tout ce dont narracion
estoit faite audit jugié estoit et devoit estre compris audit
jugiè en disant que c'estoit *Chemin Royal ;* si comme
le procureur du Roy disoit.....

« A la parfin..... disons par le jugement des chevaliers jugians esdites assises de Pontoise, que le jugié dont
le procureur du Roy s'aidoit contre le procureur de Saint-

Denys ne s'estend ne comprent tant seulement fors le
lieu dou chemin par lequel l'on va de Pontoise à Pui-
zeaux, où la Croix au Bouchier fu mise..... Donné en
jugement l'an de grace mil ccc.xxxii le dymenche avant
la feste Notre-Dame en septembre. »

. Ainsi la sentence de 1332, à deux reprises, mentionne
à son tour *la chaussée de Julien César*. Confrontons-
lui maintenant un document d'une tout autre source.
C'est un bail de terres fait par l'abbé de Saint-Martin, à la
suite d'un arpentage du 2 juillet 1404. Il est transcrit au
Livre de raison que la Commission des Antiquités de
Seine-et-Oise et la Société historique du Vexin ont fait
connaître ; le texte que nous allons citer est toutefois
inédit (1).

« Ce sont les terres que Pierre Faussart a prinses de nous
a tous jours pour lui et pour ses hoirs, mesurées par
Jehan Aubout, de Songnolles, le second jour de juillet
l'an mil cccc et quatre, presens ad ce ledit Pierre, Drouet
Chantepie et frère Guillaume de la Croix.

« Quatre arpens et trois quartiers de terre tenant d'une
part à Guillot Cousin de Cergy et d'autre part à
aboutissant d'un bout au chemin de Rouen et d'autre
bout à maistre Jehan le Maire.

« Item trois arpens V perches et demie de terre au lieu-
dit la fosse d'Ony, tenant d'une part à Jehan Vignes,
aboutissant au *chemin Jullian César ;* et est parmi le
chemin qui va de Cergy à Ony.

---

(1) *Livre de raison de Saint-Martin de Pontoise,* fol. 192. Archives de Seine-
et-Oise.

« Item VII arpens et demi et XX perches de terre tenant d'une part à Michel Jouye et d'autre part aux hoirs Lorens de Labbeville, aboutissant d'un bout au *chemin Julian César* et d'aultre bout sur les mollières d'Ony. Lesdites terres bailliez chascun arpens a I denier de chief cens portant amende, XII deniers de cens cottage paié aus IIII termes acoustumés en la ville de Pontoise.

« Somes desdites terres XV arpens et demi et demi perche.

« Some du chief cens XV deniers obole.

« Item some du cens cottage XV sols VI deniers. »

Voilà, durant cent années consécutives, une tradition locale fermement établie. C'est constamment à Julien César qu'est ramenée l'origine de la voie romaine partant du gué de l'Oise pour se diriger vers Saint-Clair-sur-Epte. Cette attribution persistante ne saurait être préférée à celle, à peine plus ancienne de quelques années, que lui substitue l'arrêt de 1277 ; car le texte en est dû à la plume d'un scribe parisien, qu'on doit croire moins bien informé que les greffiers, l'arpenteur et les religieux pontoisiens.

Julien qui avait pris à Sens, en 356, ses quartiers d'hiver, les transporta la saison suivante, à *Lutelia Parisiorum* et fut ainsi le premier artisan du développement de Paris. Il fut charmé d'y trouver, écrit-il dans son *Misopogon*, des raisins et des figues comparables aux produits de l'Attique. Le séjour lui plut ; il s'y entoura du plus grand confort possible en y construisant un palais, des thermes, des arènes (1). La voie tracée sans doute

(1) Le compte rendu de la séance de l'Académie des Inscriptions et Belles Lettres, publié dans le *Petit Temps* du 3 juillet 1909, contient sur le séjour de

avant lui (1), mais empierrée par ses soins, et à laquelle son nom devait rester attaché, la route de Pontoise à Rouen, n'aurait-elle pas eu pour objectif à ses yeux, l'arrivée plus prompte du poisson de mer ? On évitait par là les interminables méandres de la Seine, en substituant un trajet sous forêt, à dos de mule, dans des paniers bien abrités par des fascines, au transport sur des bateaux exposés en plein soleil et soumis aux lenteurs du halage.

Il est tout au moins très sûr qu'on se servit de cette voie, au moyen âge, dans le but que j'indique, car un de

Julien à Lutèce des éclaircissements qui témoignent de la popularité de ce prince auprès de la hanse commerciale des *Parisii* :

Comment Julien fut élu empereur. — On considérait jusqu'ici l'élection de Julien à la dignité d'empereur comme due uniquement à des soldats mutinés, qui, quittant leurs casernes alors situées sur l'emplacement de la rue Soufflot, la coupe à la main, avaient assiégé le palais où se tenait leur commandant et lui avaient imposé le diadème sous peine de mort immédiate.

Une communication de M. Luc de Vos vient de révéler à ce sujet des faits insoupçonnés qui sont de la plus haute importance pour l'histoire de Paris et de son conseil municipal, et aussi pour l'histoire des assemblées provinciales en Gaule.

En donnant la traduction et le commentaire d'un texte d'Ammien Marcellin, M. Luc de Vos démontre que l'acclamation des soldats fut confirmée d'abord par un décret de la curie de la république des Parisiens et ensuite par une assemblée des légats de toute la Gaule réunis à Paris.

Cette donnée nouvelle, qui modifie la thèse généralement admise jusqu'ici, d'après laquelle les assemblées provinciales au quatrième siècle ne s'étaient pas occupées de politique, jette aussi un lustre inattendu sur le passé du conseil municipal de Paris, qui apparaît désormais comme ayant par sa sagesse politique et son énergique initiative assuré à la cité le rang de capitale que lui conservèrent Valentinien Ier, Gratien, et plus tard Clovis.

C'est de l'élection de Julien que date, pour Paris, cette ère de gloire et de prospérité que les siècles suivants n'ont fait que développer.

Sans les votes du Conseil municipal de Paris et de l'assemblée provinciale Julien serait resté isolé, impuissant et aurait péri même avant d'avoir pu franchir les Alpes. Ce furent ces votes qui donnèrent au nouvel empereur les ressources d'hommes et d'argent nécessaires à la guerre qu'il était obligé d'entreprendre contre son rival, l'empereur Constance.

La curie parisienne, qui n'était connue jusqu'ici que par la célèbre inscription des « Nautes », se trouve maintenant en possession d'un titre de noblesse nouveau et absolument authentique.

(1) Cette voie figure dans des monuments géographiques antérieurs à Julien ; mais les itinéraires mentionnent des chemins d'inégale importance et rien ne nous renseigne sur leur degré relatif d'entretien au début du IVe siècle.

ses tronçons s'appelait encore au xviie siècle " le chemin des chasse-marée ".

La Tour d'Orgemont revendiquait un droit constaté dans les aveux les plus anciens et remontant au temps où les Tirel de Poix, ses possesseurs, étaient les gouverneurs du château de Pontoise. C'est celui d'arrêter les marchands de poisson se rendant aux halles et de leur prendre des pièces de choix, sous réserve de les payer au retour, d'après les prix du marché de la capitale. Quelle loyauté dans les rapports de clientèle à fournisseur suppose une telle convention ! Heureux temps où l'on en pouvait conclure de semblables !

Celle-ci montre bien que Pontoise était une étape du parcours suivi par le poisson frais pêché sur les côtes de la Manche et dirigé sur Paris.

La construction du pont de pierre sous Philippe Auguste amena le détournement à partir de la Haute-Aumône jusqu'au dessous du château, de l'ancienne voie : longeant dorénavant le pied du massif rocheux, sur lequel se dressait la forteresse, elle s'en alla rejoindre le plateau du Nouveau Bourg Saint-Martin où s'éleva plus tard Notre-Dame. Pendant tout son parcours *intra-muros* le tronçon nouveau forma plusieurs rues se continuant, et, dans nos plus vieux textes français d'archives, il est appelé le *pavement du roy*.

C'est ce parcours, par les rues du Pont, de St-André, de la Petite et de la Grande Tannerie, de la Grande Boucherie, du Beau Sire Dieu, que suivit plus tard la diligence de Rouen à Paris, si plaisamment appelée, dans des vers bien connus : « le poulailler de Pontoise ». La lourde guimbarde ébranlait terriblement le sol, heurtant les pavés sonores dans la solitude des nuits ; ses cahots troublaient le sommeil agité des membres du Comité de vigilance aux beaux temps de la Révolution et la mésaventure de l'un d'eux, le pharmacien Bréchot, amusa fort les réactionnaires. Réveillé en sursaut, il courut faire sonner le tocsin, croyant à une répétition de la fuite de Varennes ; il avait reconnu le galop des chevaux d'un carrosse d'aristocrates... et c'était la démocratique patache qui passait !

Il est inutile d'ajouter qu'ouvertes dans les dernières années du XIIe siècle, vers 1188, ces rues urbaines échappèrent pour leur alignement, aux prescriptions plus tard consignées dans la coutume de Senlis, à laquelle obéissait Pontoise et tout le Vexin français. La rédaction de 1539 s'exprime ainsi à leur endroit :

« Item, grands chemins royaux passans et allans de ville en ville, comme de Compiègne à Senlis et de Senlis à Paris, Beauvais ou Meaux, et autres villes semblables, doivent estre et seront d'espace et distance en largeur, par tout le cours d'iceux audit bailliage de Senlis ; c'est à scavoir en bois et forest de quarante pieds pour le moins et en terre labourable ou autre assiete de terre hors bois et forests, de trente pieds aussi pour le moins. »

Les coutumes de Clermont et de Valois fournissent, sur lès conditions de la viabilité, des détails plus circonstanciés. L'auteur du *Commentaire sur la coutume de Senlis* les résume ainsi :

« Il y a diverses sortes de chemins communs marquéz és coûtumes de *Valois art. 194 et seqq. Clermont 226 et seqq.* scavoir 1. Le *Sentier* de quatre pieds de large,

l'on n'y doit point mener charettes. 2. Celuy appelé *car-*
riere de huit pieds. 3. Celuy appelé *voye* de seize pieds.
4. Le *chemin royal* de largeur contenuë en nostre
article. »

Par l'ordonnance de 1669, Louis XIV, dérogeant aux
coutumes, étendit à soixante-douze pieds (vingt-trois mètres) la largeur des grand'routes royales.

Les Romains n'avaient jamais conçu de si vastes dimen-
sions même pour leurs voies internationales, et la coutume
de Senlis s'inspirait mieux de leurs méthodes. En 1886,
M. Amédée Margry, notre distingué confrère senlisien, a
pu relever le profil d'une voie romaine coupée par une
tranchée destinée à renouveler la conduite menant les eaux
de la fontaine St-Justin à l'abreuvoir de Louvres. Il trouva
établi sur un sous sol de terre marneuse brune, un
empierrement d'une épaisseur constante de 1 mètre 25
(quatre pieds) composé d'un agglomérat de grès Beau-
champs et d'églantine reliés avec de la marne friable. Sa
largeur de sept mètres et demi (vingt-quatre pieds) se sub-
divise en trois tranchées parallèles égales, un dos d'âne et
deux accotements. Sous l'ornière qui sépare le centre bombé
de la voie de ses côtés plats, l'empierrement se renforce
en s'enfonçant à la profondeur d'un mètre et sur une largeur à peu près égale ; il remplit une tranchée trapézoïdale
ménagée dans le sous-sol.

Cette description de l'ancienne chaussée de Paris à Senlis, dont le tracé rectiligne indique bien aussi l'origine
romaine, répond à celle que l'on pourrait donner de la
chaussée de César à travers le Vexin si l'agriculture n'avait
pas le plus souvent empiété sur sa surface primitive.

Deux questions principales furent de tout temps soule-
vées par la grande voirie : celle de son entretien et de son
développement, et celle de sa police. Sur ce dernier point,
le commentateur s'exprime ainsi :

« La superintendance et police générale des chemins
appartient au Roy ou ses Officiers ; *scilicet* d'abolir,
changer, accroistre ou diminuer ; connoistre si c'est chemin public ou non ; c'est de la charge de grand Voyer
jointe à celle des Trésoriers de France.

« Mais cela n'empêche point le droit de police et justice
particulière des Seigneurs hauts justiciers qui sont fondez
en Coûtume comme la nostre ; ou en titre particulier du
droit de Voirie, même de connoistre de tous crimes et
délits, exceptez les cas royaux commis dans les grands
chemins et ailleurs. *V. sur l'art. 96 suprà.* »

C'est en vertu de ce droit que les moines de Saint-Denis,
ayant la haute justice sur tout leur domaine, s'opposaient
dès 1277 aux prétentions de la commune de Pontoise,
devenue sous saint Louis très puissante et voulant s'arro-
ger toute la police du champ de foire de Saint-Martin.
L'abbaye était d'autant mieux fondée à se défendre que
cette foire était le seul reste du marché dont Charles le
Chauve, quatre siècles auparavant, lui avait concédé le
monopole sur la rive vexinoise, au gué de l'île, et qui
devait être alors fort important La construction du château
de Pontoise avait fait transférer ce marché hebdomadaire
sur la place qui, de l'équivalent latin *mercatorium*, s'est
appelée le *Martroy* ou *Mertroi*. Le château existait dès
la fin du xᵉ siècle, puisque la comtesse Liégarde, mère de
Gautier Iᵉʳ, y reçut avant 987 le futur Hugues Capet, alors

duc de France et abbé héréditaire de Saint-Denis ; c'est
à celui-ci, sans doute, qu'on peut attribuer le trans-
fert du marché au détriment des intérêts du monastère
sécularisé.

La contre-partie des droits de police et de justice était
constituée par un entretien fort onéreux. Aux termes
d'une décision de Philippe le Bel, la réfection de la vieille
chaussée passant devant St-Martin-des-Champs — *anti-
qua calceia ultra portam Sancti Martini de Campis* —
se faisait par corvées de pavage, tous les dix ans. Elle eut
lieu en 1290 et 1300 (1). Cette chaussée, de Notre-Dame
à La Villette, est précisément celle qui passe par Louvres,
la route de Paris à Senlis.

Une voie, parallèle à ses débuts, conduisait à Saint-
Denis et les religieux en avaient l'entretien complet à leur
charge. Les comptes de la Commanderie nous renseignent
sur les frais que la réfection de 1289-1290 entraîna et
nous apprennent que cette voie se composait de trois tronçons : la Vieille Chaussée, la Chaussée Neuve, la Chaussée
Saint-Lazare. Celle-ci est la plus rapprochée de la porte
Saint-Denis ; elle avait une bordure ou trottoir dont la
réfection coûta 30 sols. Chaque toise de la Chaussée Neuve
demanda 10 sols d'entretien, chaque toise de la Vieille
Chaussée 12 sols 6 deniers (2). Dans l'année 1403-1404,
la Commanderie ayant fait refaire en divers endroits la
chaussée du Lendit, fit marché avec un *chaussoieur* à raison de 16 livres par 100 toises, pour la main-d'œuvre

---

(1) Arch. Nat. LL. 873, diplôme original.
(2) Arch. Nat. LL. 1240, fol. 99

seulement. Les carreaux de grès tirés de la carrière d'Au-vers-sur-Oise par le carreyeur Jehan Blanchart, coûtèrent 60 sous le mille livrés sur place ; il fallait payer en plus le voiturage de la garenne au port, à raison de 40 sous le mille, le transport par l'Oise et la Seine jusqu'à Saint-Denis à 60 sous le mille, et le déchargement à l'arrivée qui, pour 10.350 carreaux fournis, coûta 60 sols. On voit que les frais de transit atteignaient presque le double de ceux d'extraction et de façonnage (1).

La commune de Pontoise était tenue à l'entretien des voies publiques sur son territoire, mais une grande diffi-culté surgit au xvi᷎e siècle, quant au point de savoir si cet entretien comprenait le rétablissement d'ouvrages d'art existant sur le parcours, lorsque des cas de force majeure les avaient détruits. Ce fut le cas pour le ponceau de la Viosne, près la porte de Baart, enlevé par une crue excep-tionnelle des eaux de l'Oise refluant sur la Viosne et envahissant tous les bas quartiers. Le corps de ville ne voulut pas le relever à ses frais et la circulation sur la route de Paris à Rouen par Pontoise resta longtemps interrompue.

Ces remarques qu'il est temps d'arrêter nous ont un peu fait oublier le César Julien, mais non son œuvre dont elles aident à suivre la destinée ; l'occasion d'ailleurs était trop tentante de les rassembler pour éclairer ainsi quelques petits côtés de l'histoire locale.

---

(1) Arch. Nat. LL 1243.

www.ingramcontent.com/pod-product-compliance
Lightning Source LLC
Chambersburg PA
CBHW061606180626
46818CB00005B/1970